[日] 小林清之介/文 [日] 高桥清/图 王维幸/译

6

猎熊犬比利

前　言

在北美，有一个名叫西顿的大叔，他非常喜欢动物。

他常常观察动物，还写了很多动物故事，除了狼、狗熊和鹿以外，还有许多其他的动物。

他的故事不仅生动有趣，还活灵活现地描绘了动物们的生活状态。

一只叫“无用犬”的狗

我的好朋友鲍勃·扬西是一名出色的猎人，尤其擅长猎熊。

他饲养着多只用来猎熊的猎犬，这些猎犬各有特点。

　　克罗克鼻子很灵，一下就能闻出熊的气味。不过，叫声很小。

　　大本的叫声很大，能帮克罗克把情报传给远处的扬西。

桑达是一只年老的白色斗牛犬，它非常勇敢，无论遇到多强大的对手也不怕。

另外还有一只斗牛犬名叫“猛土耳其”。虽然这只犬被饲养得最晚，身体却很彪悍。

总之，任何一只猎犬都让扬西十分自豪。

在这些猎犬中，桑达是它们的统帅，即头领，也是扬西平时最信赖的一只犬。

只有一只犬让扬西不满意。这是一只体形很小的牛头梗，名叫“比利”。

一提起比利，扬西总会皱着眉说：

“天底下再也没有这么没用的狗了。平时只知道瞎闹，动不动就把我们的衣服、帽子、长靴咬破了。你看他，刚才还在田里乱挖乱刨，

四处追赶散养的鸡，可眨眼工夫就浑身是泥地跑进家里。有时候还会把炉子打翻，把肉干一点儿不剩地全给烧掉。”

一说起比利，扬西恨得直撇嘴。他的话还没有讲完。

“比利已经不是一只小狗了。如果按我们人类来说的话，它已经是个大小伙子了，可它脑子总是慢半拍。

“照这个样子，它无论如何也成不了一只猎犬。真是个让人头疼的家伙。我平时都管它叫‘无用犬’。

“可是，我的孩子们却不服气。因为孩子们都喜欢比利，所以我一点儿办法都没有。真是太荒唐了。”

比利跳了进来!

故事发生在10月的某一天。有个牛仔骑马跑过来，气喘吁吁地说：

“糟了！吃牛的‘醉汉腿’又出现了。贝尔·阿罗牧场已经有一头牛被咬死了！”

所谓吃牛的“醉汉腿”，指的是附近山里的一头大灰熊。

由于是一头老熊，走起路来就像醉汉一样摇摇晃晃的。

起初，猎人们都是这么认为的，所以就给它取了个绰号叫“醉汉腿”。不过，他们可完全猜错了。

事实上，这是一只相当敏捷的熊，奔跑速度极快。

“醉汉腿”喜欢吃牲畜肉，尤其是牛肉。每到天气变冷，山里食物短缺的时候，它就会从山上下来，到牧场祸害牛。

“谁要是能杀死‘醉汉腿’，重重有赏！”

所有牧场主都出重金悬赏。如果把所有的赏金加起来，将是一笔巨款。

每个猎人都千方百计地想杀死“醉汉腿”，可是，醉汉腿很狡猾，从不轻易露面。

“哼，今年我非杀死那家伙不可！”

因此，扬西听到这个消息后十分振奋，很快就做好了猎熊的准备。

“走，出发！”

扬西在前头骑着马，身后跟着四只猎犬。不只这些，扬西还带了五六只格雷伊猎犬，它们虽然不大强壮，却很能干。

后面则“嘎啦嘎啦”地跟着三辆马车，一辆拉着好几个捕熊夹子，一辆拉着帐篷和食物，最后面的一辆则拉着其他猎人。

我并非真正的猎人，只是一个“业余猎人”，即“玩耍猎人”。不过，猎枪却玩得很好，经常跟扬西一起去打猎。今天也不例外，我也坐在最后面的马车上。

可是，我们在半路上却遇到了一件意外的事。

“汪，汪，汪——”

随着一阵兴奋的叫声，有只小狗忽然闯进了队伍。

“啊，‘无用比利’。我不是把它留在狗棚里了吗……”

扬西很烦。没想到比利竟然从关狗的棚子里溜了出来。

比利欢腾极了。它一会儿跳到队伍的最前头，一会儿又跑到最后头。

还不断戏弄其他猎犬。看到野兔它就去追，看到树上有松鼠，它也会朝它们叫两声。

“比利，回去，给我回去！你这样跟来也没用！”

扬西大声呵斥着。挨了一顿呵斥后，比利暂时离开了队伍。

可过了一会儿，它又兴奋地跑了回来。扬西嫌麻烦，后来就懒得理它了。

下熊夹子

下午的时候，大家到达了贝尔·阿罗牧场。发现一具牛的尸体倒在地上，是昨晚刚被灰熊咬死的。

“咳，怎么一点儿肉都没动啊。”扬西对我说。

“是啊。熊肯定是想过几天再偷偷溜回来吃。”我回答说。

“我同意你的看法。那好，我们赶紧下熊夹子吧！”

扬西把运来的熊夹子下在牛尸体的一旁。

熊夹子是一种铁制的东西，像口袋一样，十分牢固。我们把夹子埋到地下，埋得很浅，熊一不留神踩上去，夹子就会自动弹开，紧紧夹住熊腿。

熊夹子是用链子拴在地里的树桩上的。一般的熊只要一个夹子就逃不掉了，也不知“醉汉腿”的本事怎么样？

扬西与另外三名猎人骑着马，去前边调查。当然，我也是三名猎人之一。咦，前方8公里远的山里又有一头牛尸体倒在了地上。

“从尸体的样子来看，这头牛是在一星期前被咬死的。好，那就在这里也下个夹子。”

说完，扬西又设下一个准备好的熊夹子。

熊虽然看上去笨头笨脑的，其实是一种很机警的动物。尤其是“醉汉腿”，向来以狡猾闻名。

我们和扬西决定晚上在贝尔·阿罗牧场住下来。第二天、第三天，我们都满怀希望地去检查熊夹子。

可是，根本就没有熊来过的迹象。

猎犬们没活儿干，都闲得无聊。

“啊，有只小狗掉到奶桶里了！”

一个牧场的人大叫着跑过去。

那是个很大的桶，是用来装牛奶的。

一只小狗被捞了出来，浑身“滴滴答答”地滴着牛奶，是比利！

原来是比利蹦跳玩耍的时候，用力过猛，一不小心跳进了牛奶桶里。

要是没人救，它肯定会被淹死的。真危险！

斗牛犬“猛土耳其”老跟其他猎犬们寻衅打架，欺负它们，可唯独对桑达很客气。

桑达已经老了，不像年轻时那么强壮了。不过，凭着智慧和勇敢，它依然受到同伴们的尊敬。

有一次，桑达正在啃一根美味的大牛骨头，骨头是扬西给的。

“猛土耳其”也想要。它忍不住凑到桑达旁边，用狗的语言说：“喂，把那骨头给我！”这对一个老前辈来说是大不敬的。

桑达很镇定。

“我好不容易得来的，凭什么给你！”

“猛土耳其”仍在唠叨，桑达便露出牙齿。胜负立刻就分了出来。

“猛土耳其”不情愿地退了回去。如果真刀真枪地打一架，说不定“猛土耳其”会赢的。

可是，“猛土耳其”害怕桑达那副镇定的样子，哪敢扑上去。

“猛土耳其”对这件事耿耿于怀，一直在寻机报仇：“老家伙，有朝一日非让你倒大霉不可。”

第三天早上，我们跟扬西又去检查熊夹子。

“不行啊，还是没来。”

牛尸旁仍然没有熊脚印。

“走，再去看下一个。”

大家急忙朝远处山里的另一处熊夹子赶去。

“咦，有点儿不大对劲啊！”

扬西自言自语地说。

还没赶到第二处熊夹子，猎犬们就开始躁动不安起来。马也竖起了耳朵。

猎犬们肯定是闻到了异味。马也肯定听到了异样动静。

“猛土耳其”大声叫起来。接着，比利也煞有介事，“汪，汪，汪”地乱叫着，在附近蹦来跳去。

“这下终于捉住你了！”

大家来到牛尸所在的地方。咦，设好的熊夹子居然不见了。地下拴熊夹子的树桩也没有了。树桩被拔走，地上只剩了一个大洞。

周围有很多熊脚印。我从未见过这么大的脚印。

光是看着眼前的情形就让人心情激动。

扬西高兴地叫起来：

“太好了，捉住了。那家伙，腿被夹子夹住了。不过，它肯定是使出所有的力气，拖着夹子和树桩逃走了。”

我的大脑里不禁浮现出这样一幕——一只熊正拖着铁夹子和粗树桩在逃命。

我想：照这个样子，它肯定逃不快。“醉汉腿”很可能就在不远处。

“追，给我追！”

扬西在马上大声命令着。猎犬们顿时跳起来，一齐追赶。

一阵阵熊叫声从树丛里传来，四处回荡。

我连连点头，想：熊肯定正被追得四处乱逃。

不久，猎犬们的叫声发生了变化。熊改变了逃跑方式。肯定是把猎犬们驱散后又逃走了。

鼻子灵敏的克罗克闻出了熊脚印的气味。大本大声地吼叫着，把情报报告给人类和其他猎犬。

桑达则在仔细地听着，用它低沉的声音在吼，仿佛说：“嗯，对，没错！”

桑达真是一只永远都靠谱的猎犬。

那么比利呢？它仍跟往常一样，只会汪汪乱叫，乱跑乱跳。

在猎犬们的引领下，我们和扬西策马直追。

“啊，好难走的路啊！”

我和猎人们都皱起了眉。眼前一会儿是遍布石头的崎岖山路，一会儿是茂密的丛林，有些地方还全是东倒西歪的大树。

这种地方马匹是进不去的。可猎犬们却能毫不在乎地跳进去。我们循着远远的狗叫声，一面寻找着能走的路，一面摸索前进。

拖着夹子和树桩逃命

我们一行追了一个多小时。狗在一处横七竖八的倒伏的树对面叫得更凶了。

“追上了！”

我和猎人们互相使了个眼色。

“追上熊了！”

尽管大家都很兴奋，实际上却很担心，心里怦怦乱跳。

猎人们一面做着各种推测，一面议论着。

“熊究竟被夹住了哪个部位呢？如果只是夹住一根指头的话，那可就糟了。因为在它扑上来的一瞬间，夹子极可能会脱落。”

“如果是夹住了一条腿，那就安全了。”

“它是拖着夹子和树桩在逃命的对吧。那东西那么重。”

“要是累得没劲儿扑了该多好。”

“如果是被夹在树中间动弹不得，那就更好了。”

大家七嘴八舌。

我忽然生出一个念头来：这些人当中，能活着回去的会是谁呢？

猎犬的声音此起彼伏。这是熊在继续逃窜的证明。说明熊仍有能力逃跑。

扬西跳下马走在前头，他大声喊着：

“大家小心！

“不要离熊太近。熊这种东西，一看到人类，就会丢下猎犬向人类扑来。大家千万要小心。”

我翻过一棵歪树往前走。由于激动，手不停地发抖。

我掀起一根堵着路的树枝，往对面一瞧。找到了！

猎犬们正狂叫着上蹿下跳。

一个毛茸茸的东西出现在眼前。我刚明白是怎么回事，随着树丛“沙沙”地一晃，那个毛茸茸的东西忽地跳了过来。哦，好大的一头熊，像一座小山一样！

熊与猎犬的战斗

这就是我们苦苦寻找的猎物——“醉汉腿”。果然，夹子正紧紧地夹在它的左腿上。

夹子用粗链子拴在树桩上的事我们前面已经介绍过了。

熊“呼呼”地抡着夹子和树桩，朝猎犬们迎上去，仿佛在说：“你们这些讨厌的东西,烦死人了。”熊一冲，猎犬们顿时就像受惊的小蜘蛛一样四散逃跑。

突然，连在熊腿上的树桩卡在了树的空当里，熊一时被困住了。

于是，猎犬们“呼啦”一下又围了上来。

不过，它们似乎都做好了打算，只要熊往上一冲，它们就再逃。

“猛土耳其”在后面冷静地观察着形势。仿佛在说：“情况紧急时，我再上也不迟。”如果真是这样，它倒真是一只可靠的猎犬。

不大强壮的格雷伊猎犬们在熊后面咬一口就逃。咦，这时，“无用比利”也出现了。只见它狂叫不已，还不时跳到熊的下巴下。啊，危险！我正着急，没想到比利眨眼工夫就跳到了安全的地方。

虽然它力气有点儿弱，不过很机灵。

它从熊身上撕下一撮硬撅撅的毛，“呜，汪，汪——”，得意地叫几声。

熊很快就抽出了被夹住的树桩，获得了自由。猎犬们一面围着熊打转转，一面在树丛里跳来跳去。所有的影子都藏在树丛里，让我无法看清。

为了能看得更清楚些，我偷偷走动起来。

“哦，不行。别走，不要走了！不能再靠近了！”

扬西站在一棵歪倒的树上提醒我。他深知熊的习性，担心我离熊太近。

就在这时，对面的熊忽地一下跳了过来。

“嗷”地朝扬西扑过来。是他在提醒我时暴露了自己。

扬西不慌不忙地端起猎枪。这种情形他习以为常。可是，由于脚下的歪树乱摇晃，他只好往

另一棵歪倒的树上跳去。

可是，他失败了。那棵树腐烂了，里面早成了空洞。“嘎吱嘎吱”，随着一阵断裂声，树干一下断成两截。扬西从树上跌落下来。

由于脚下还有几棵树歪在那里，结果扬西被夹在了树中间，动弹不得。

扬西危险

这下可糟了！不过，在缠腿的夹子和树桩的干扰下，熊也没法立刻扑上来。

猎犬们“呼啦”一下全扑过来，有的朝熊肚子咬去，有的朝熊脚后跟咬去。不过，熊并不在乎。

“你们这些猎犬可真碍事。都快闪开！”

我朝熊端着猎枪，心里十分着急。如果现在开枪，肯定会有好几只猎犬被打死，而熊顶多也就受点儿轻伤。

熊挥起了前掌。啊，危险！

就在这时，一只猎犬勇敢地朝熊的喉咙咬了过去。桑达！

对猎犬来说，这种动作是很危险的。不过，眼下也只有这一个办法了。果然，熊立刻用巨大的前掌把桑达打飞了。

可是，桑达拼命地站起来，想再次冲向熊。

这时，“猛土耳其”从桑达身后冲了过来。

好样的，“猛土耳其”，交给你了。展示你力量的时候到了！

我本以为“猛土耳其”会全力扑向熊，就使劲咽了口唾液。

可不知怎的，“猛土耳其”竟然没扑向熊，而是一口朝桑达狠狠咬去。

“我让你上次不给我骨头吃！”

原来，“猛土耳其”一直认为同为斗牛犬的桑达瞧不起自己，于是怀恨在心。它从后面一口咬住为救主人受伤的桑达，把桑达咬翻在地，接着又凶狠地咬起来。

啊，完了！再也没有猎犬能跟熊战斗了。剩下的猎犬只是围着熊狂叫不已。熊再次举起前脚，想一掌拍倒扬西。

“啊呜”一口咬向熊脸

突然，一只小白狗像箭一样从猎犬中跳了出来，朝熊的脸上咬去。“啊呜”一口，咬住了熊眼的上部。

“呜、呜、呜！”

熊用后腿站起来，想甩掉这个障碍。

猎犬吊在熊的脸上直摇晃，不过嘴巴却仍紧紧地咬着熊的脸，怎么也不松开。

“啊，比利！”

我吃了一惊。的确是那个调皮捣蛋的冒失鬼——“无用比利”。

趁着这个机会，扬西赶紧挣扎着从歪树中间爬了出来，端着猎枪退到后面。

熊终于用强有力的前爪捉住了比利，然后像扔一块破布一样，“嗖”的一下把比利扔到了远处。

其他猎犬也不由得往后退却。

机不可失！

我立即扣下猎枪的扳机。扬西和其他猎人也一齐扣动了扳机。

“砰，砰，砰，砰——”

大灰熊“醉汉腿”一个踉跄。

“嗷——”

它摇晃着毛茸茸的巨大身体，“扑通”一声，倒在了歪倒的树上。

这时，卑鄙的“猛土耳其”顿时朝熊扑上去，“啊呜”一口咬住了熊尾巴。

仿佛在说：“立大功的是我哦！”

救命恩人

“比利，比利你在哪儿？”

扬西东张西望，四处寻找着比利。啊，找到了！找到了！比利摇着尾巴从对面凑过来，仿佛让熊给撕碎了一样。

血从被熊抓伤的伤口里渗出来，染红了白毛。平日的捣蛋鬼做了一件玩命般的工作后，大概十分亢奋吧，身体仍在不停地发抖。

“啊，多么勇敢的小家伙。比利，我做梦都没想到会得到你的帮助。

“人们都说‘猎熊犬真正的价值不到危急时刻是感受不到的’，这话一点儿没错。

“总之我要感谢你，谢谢你。你不是‘无用比利’，而是我的救命恩人！”

扬西说着，一次次把比利抱起来。

相反，“猛土耳其”却狠狠挨了一顿皮鞭。

“卑鄙的家伙，你已经不再是我的猎犬了。给我滚得远远的！”

总之，一切都还算顺利。

“走，撤退！”

扬西在前，我们在后，大家又排成一队，匆匆踏上了回家的路。比利被扬西抱着骑在马上。

桑达则躺在筐子里，被另一匹马驮走了。

几星期后，桑达的伤好了，又恢复了活力。由于它已经年老，不用再跟着去猎熊了，在扬西的家里过起了悠闲自在的生活。

那么比利呢？一个月后，比利也彻底康复了。

神奇的是，又过了一年，比利竟然变成了一只成熟稳重的猎犬，再也不像从前那样乱跑乱跳了。不到两年，它就成了猎犬们的首领。

如今，再也没人叫它“无用比利”了，“猎熊犬比利”的名字已经家喻户晓。

西顿与犬

《猎熊犬比利》的原题为《比利——一只犬的成长》，被收录在单行本《野生动物的生存方式》里。此时的西顿 56 岁，直到前一年还在做美国童子军的团长。

西顿先是创建了一个教少男少女们享受野外生活的团体，名叫“西顿·印第安人团”。他想等队伍壮大之后再整合成像英国童子军那样的组织。于是，西顿就去了童子军的老家英国，得到众多的响应者后回国，于 1910 年创建了美国第一支童子军。

在大家的推举下，西顿做了第一任团长，任职时间大约是五年，不过，由于动物故事的创作以及与动物相关的演讲等工作依然很多，

他就把团长的位置让给了别人。即便如此，他仍为童子军出了不少力，真可谓一个能力非凡之人。

不用说，一向喜欢动物的西顿自然更喜爱比任何动物都忠实于人类的犬了。在西顿所写的故事中，虽然《我的爱犬宾戈》十分著名，但由于结局很悲哀，我们就没收录到本系列中。因为我觉得轻松活泼的《猎熊犬比利》更适合小学低年级的读者阅读。

西顿擅长射击，有时也会跟专职猎人一起外出打猎，而本故事中也正好穿插了他的这种体验。西顿喜欢写文章、画画、做童子军团长等，他不但是一名知识分子，还是一个野性十足的人物。

猎犬比利似乎有原型，不过无论在西顿的自传，还是西顿夫人所写的《西顿传》中都没出现过。所以，这极可能是西顿用一流的技巧把好几只犬的故事给浓缩成一个故事。比利的犬种是牛头梗。（有关犬种的说明我将在后面介绍）

在《塔拉克山的熊王》（第二卷）中作为主人公登场的灰熊，在这里则是一个配角，以反面的形象登场。正如电影导演有时会让演员饰演正面人物，有时也会让他们饰演反面人物一样，西顿巧妙地运用这些动物，赋予了它们各种角色。西顿的确是一个极具天才的故事大王。

狗与其同类

据说，狗在距今一万多年以前就已经在亚洲、非洲局部和欧洲成为家畜了。在经过了杂交之后，产生出了众多的品种，据说，其品种数已达到了一百六十余种。即使不细分，只简单介绍一下主要种类就有将近五十种。所以在本书有限的篇幅里是不可能一一介绍的。

因此，我们便将重点放在狗的作用方面，看看狗作为人类的助手究竟能为我们带来多大帮助。

一般情况下，狗见到陌生人靠近家门时都会狂吠不已，所以它们一般都是被当做“看门狗”，这可谓是狗最古老且最基本的职能。狗

的嗅觉异常灵敏，能用嗅觉分出熟人和陌生人。但是其视觉却比人类差。

在《猎熊犬比利》当中，虽然包含比利（犬种是牛头梗）在内的很多猎犬都很活跃，不过牛头梗原本却是作为“斗犬”被培育出来的一个品种。

从前，英国有一种让狗跟公牛决斗的竞技活动。斗牛犬就是专为这种竞技活动培育的一个品种，后来人们又培育出了牛头梗。牛头梗是斗牛犬与猎狐梗的混种。

牛狗决斗的具体作法为：将一头公牛事先拴在广场的柱子上，然后用棍棒戳它，把它激怒，然后再唆使四五只狗向牛挑衅，让它们进行殊死搏斗。后来就发展到不再用牛，而是直接变成了狗与狗的搏斗。由于该活动多年来一

直被人批评为残忍的游戏，到了 1835 年，这种形式的竞技就都被禁止了。

牛头梗从斗犬变成猎犬，后来又变成了家犬。日本很少有人饲养，因为其眼睛上吊，样子不太好看。

管理羊群的“牧羊犬”也经常在西顿的作品中登场亮相，它们主要是柯利犬。“警犬”则会凭拿手的嗅觉寻找罪犯留下的气味踪迹。另外，自阪神大地震以来，还出现了一种“搜救犬”，用气味和声音来搜索被压在倒塌房屋下面的人。日本也计划要培育这一犬种。

帮助盲人的“导盲犬”的必要性也在日益凸显。

小林清之介

小林清之介

1920年生于东京，曾在动物学者岛春雄、昆虫学者石井悌等人的指导下饲养并观察野鸟、昆虫及其他小动物，多年来致力于动物资料的收集活动。

1962年以后开始作家生涯，不仅为成人撰写动物随笔、动物启蒙说明，还专为儿童撰写了不少有趣的动物故事，近年来在俳句方面的著述也颇丰。

主要著述有：面向成人的《麻雀的四季》(全集日本动物志2)(讲谈社)、《季语深耕·鸟》《季语深耕·虫》(角川书店)、《日本的小动物志——昆虫与野鸟》(每日新闻社)、《动物五百句》(明治书院)，面向儿童的《日本昆虫记》全五卷（翌桧书房)、《野鸟的四季》(第23届小学馆文学奖)(小峰书店)、《法布尔（传记)》(行政）等书。

高桥清

少年时期即对昆虫和花草感兴趣，成年后从事油画创作，同时活跃于动植物与昆虫相关的绘本和插图领域。

著有《法布尔昆虫记（全10卷)》的插图等数种（翌桧书房)，绘本方面则有《道旁的四季》等数种（福音馆书店)，另外，还在各出版社从事昆虫、植物等自然生态类的插图、图鉴的创作。

参加过“行动美术协会会员（油画）壳奖展”“安井奖展”等画展。日本理科美术协会会员。

版权登记号：01−2016−6601
KUMA GARI BILLY YOUNEN BAN SHI TON DOUBUTSUKI

图书在版编目（CIP）数据
猎熊犬比利/（日）小林清之介文；（日）高桥清图；王维幸译．−−北京：中国人口出版社，2017.11
（西顿动物记）

ISBN 978−7−5101−4684−8

Ⅰ．①猎… Ⅱ．①小…②高…③王… Ⅲ．①儿童故事−图画故事−日本−现代 Ⅳ．①I313.85

中国版本图书馆CIP数据核字（2016）第231454号

西顿动物记

猎熊犬比利

出版发行　中国人口出版社
社　　长　邱　立
责任编辑　张文超
特约编辑　魏亚西
印　　刷　北京中科印刷有限公司
书　　号　978−7−5101−4684−8
开　　本　787mm×1092mm　1/16
印　　张　6
字　　数　40千字
版　　次　2017年11月第1版
印　　次　2017年11月第1次印刷
网　　址　www.rkcbs.net
电子邮箱　rkcbs@126.com
总编室电话　(010)83519392
电　　话　(010)83534662
传　　真　(010)83518190
地　　址　北京市西城区广安门南街80号中加大厦
邮　　编　100054
定　　价　35.80元

绿色印刷　保护环境　爱护健康

亲爱的读者朋友：

本书已入选“北京市绿色印刷工程——优秀出版物绿色印刷示范项目”。它采用绿色印刷标准印制，在封底印有“绿色印刷产品”标志。

按照国家环境标准（HJ2503-2011）《环境标志产品技术要求 印刷 第一部分：平版印刷》，本书选用环保型纸张、油墨、胶水等原辅材料，生产过程注重节能减排，印刷产品符合人体健康要求。

选择绿色印刷图书，畅享环保健康阅读！

北京市绿色印刷工程

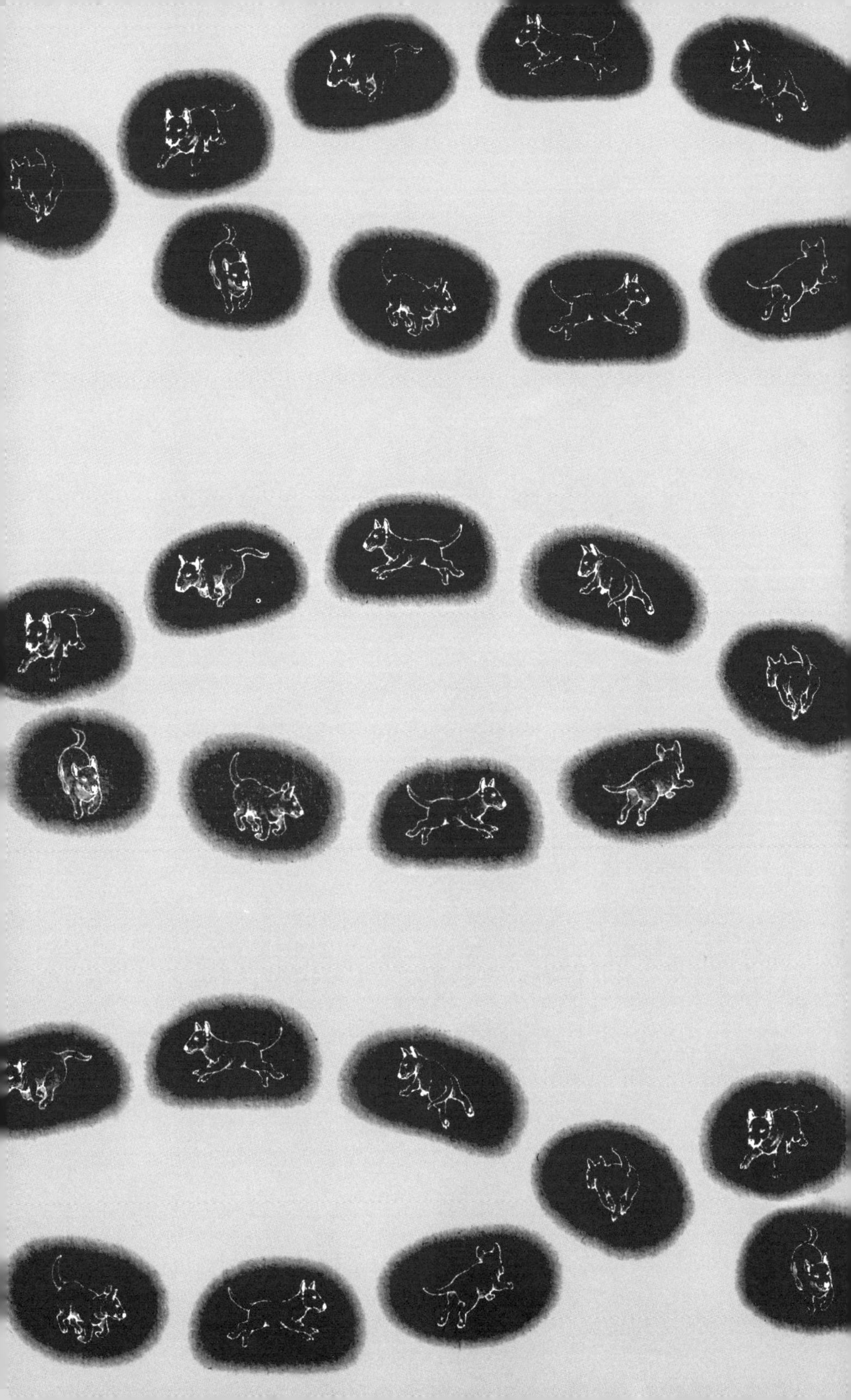

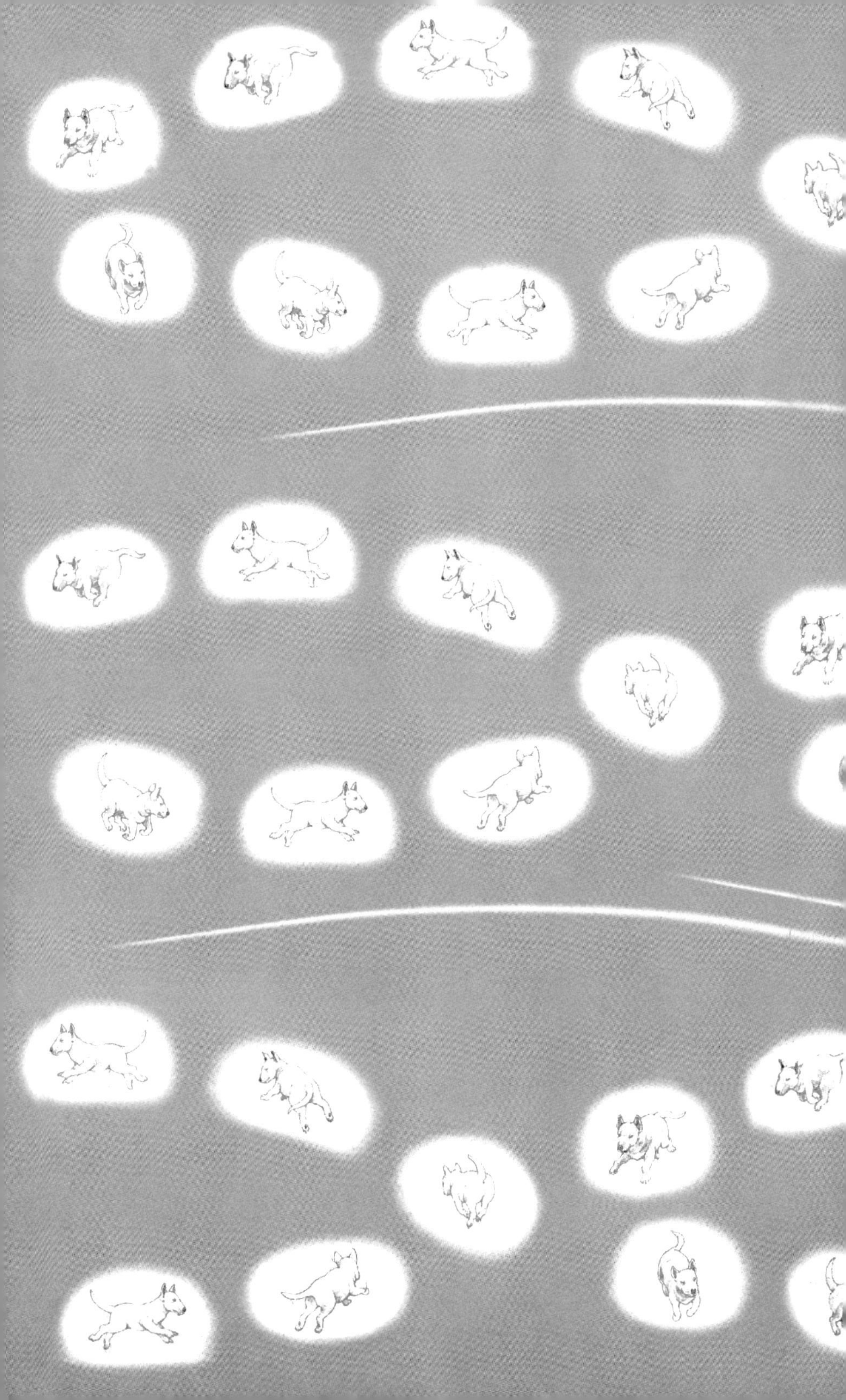